KB126472

소문과 빌런의 밤

안숭범
1979년 광주에서 태어났다.
2005년 『문학수첩』을 통해 시인으로 등단했다.
시집 『티티카카의 석양』 『무한으로 가는 순간들』 『소문과 빌런의 밤』을 썼다.

파란시선 0116 소문과 빌런의 밤

1판 1쇄 펴낸날 2022년 12월 1일
지은이 안숭범
디자인 최선영
인쇄인 (주)두경 정지오
펴낸이 채상우
펴낸곳 (주)함께하는출판그룹파란
등록번호 제2015-000068호
등록일자 2015년 9월 15일
주소 (10387) 경기도 고양시 일산서구 중앙로 1455 대우시티프라자 B1 202-1호
전화 031-919-4288
팩스 031-919-4287
모바일팩스 0504-441-3439
이메일 bookparan2015@hanmail.net

Ⓒꞏ안숭범, 2022, printed in Seoul, Korea

ISBN 979-11-91897-42-5 03810

값 10,000원

•이 도서는 2020년도 아르코문학창작기금 지원 사업에 선정되어 발간된 작품집입니다.

소문과 빌런의 밤

안승범 시집

시인의 말

여기 당신은 없다

차례

제1부 하드보일드 느와르

피 흘리듯 안녕한 이사

―시인 김

얼굴을 긁힌 담벼락은 바람을 미워했다
그는 시를 쓰지 않겠다고 말했다

늘그막엔 빠르게 잊어야 할 일투성이라고, 미완성의 문
장에 세를 주던 방은 철거됐다, 비밀 같은 건 없었다, 트
럭에 실리는 시집을 쳐다보지 않고 말했다, 공중에 대고
종종 놀러는 오라고 했다, 늙은 소파가 주인보다 아파 보
이는 거실에서, 아프지 않아서 아픈 사람들이 너무 많다
고만 말했다

먼 숲과 먼 이름이 고요하듯이

객관을 가지지 못한 우롱차를 차마
다 마시지 못했다, 여기서
의미 이전의 기억들에게 편지를 써 왔노라고
뒷마당 체리나무야말로 유일한
피로 만든 시라고

제자리가 궁금한 사연들이 불시에 찾아오던 밤들에 대해
그는 결국 말하거나 말하지 못했다

그러는 사이 가닥나무는 오냐오냐 바람을 키웠다, 허리가 휘다 보면 쉴 수도 없는 일요일이었다, 손주는 끝내 자막을 달 수 없는 영혼이 되었지만, 건넛방 천장 야광별은 한동안 걸어 두겠다고, 기어이 기억에서 꽃말이 떨어져도, 몸 어느 구석에 살던 눈발이 거세져도, 늘그막엔 빠르게 잊힐 일투성이라며

배웅한다
살아서 문장 안에 눕지 못한 찰나에게

일진이 좋지 않아
―창동 손

벼메뚜기가 정종병으로 다시 들어간다
병든 병아리는 백 원에 부지런히 팔려 나간다
전진한 개구리는 항상 트럭에 밟힌다

시체를 꺼내 다리 한 짝을 끓인 여자도 온다
딱 한 잔만 한 후 남편을 위해 다시
전설의 고향으로 돌아간다

모두의 어떤 것이 무엇이든 될 수 있을 때까지

이 새끼의 연못과 개새끼의 음모가
서로 같은 곳이었음이 밝혀질 때까지

유난했던 기억의 팔다리가 다 포장되자
창동의 들판으로 뛰어나갔던 동창들
하나둘 되돌아온다

나는 동창회의 음지를 쓰다듬는 한 손만
번개와 얼음이 살던 딱 한 손만 보았다

비포장도로 같은 손
날 선 모서리를 간신히 숨긴 손
거품 두른 언어를 절단내고 남을 손
탄산가스 같은 표정으로 여러 밤을 쪼갰을 손
그러나
너무 짧아져 몽당연필 같아 어색한 손

우리의 코에서 친절히 피를 빼 주던 아이
골고루 빼 주기 위해 부단히 수고롭던 아이
한 뼘 더 큰 욕설을 손금에 끼우고
십 할의 구슬과 딱지를 주무르던 아이

담임선생님 훈화 말씀을 장정구처럼 방어하고
웃지 않는 우리 앞에서 이주일을 흉내 내던 아이의 손

침묵을 돕기 위해 뒤꿈치를 들던 실내화들은 어디 갔
는가
일진이 사나워 울던 녀석들 틈에서
이상하리만치 작아진 한 손을 잡았다

딸을 실은 지게차가 목구멍 같은 골목을 빠져나가고 있
었다

몽당연필 하나 안긴힘으로 굴러가고 있었다

흑석동 외할머니

—사글세 조

등뼈는 인생을 어디까지 구부릴 수 있을까

둥글게 발음되기 위해 미리 둥글어진 형편
남편을 눕히고 딸을 재우고
딸의 아이를 보듬고
남편의 부재를 키우고

밥상처럼 불공평했지만 밥알처럼 정직하길

여남은 감태나무 이파리에 이름을 붙여 주면서
물소의 표정으로 평상에 앉아
뽑혀 나간 시간은 흰색이어라

저 비닐봉지는 기초연금처럼 가벼워서
전봇대에 붙어 잉잉거리는 소리

오늘은 이마를 손에 대고 손의 열을 잰다
손바닥엔 작년보다 많은 길이 생겼다지만
마을 너머엔 물량을 채워도 끝나지 않는
공장이 세워졌다

빵 하나가 구름과 점심을 갉아먹을 때
우걱우걱 포장재 밖으로 직출되는 축축한 반세기

나의 끝은 나에게 경험될 수 없고

새가 떨어뜨린 참회를 나무가 받는다
나무의 망각을 벌레가 줍는다

엄마, 사글세는 해결했어

미리 흰색으로 들어가 마음을 말아 보는 연습
나에게로 돌아오는 말마저 멎을 때
보푸라기처럼 자란 후 오지 않는
아이와 아이의
아이에게

이후의 책은 어디서 독립할까
—북엔드 성

책과 자책은 쉬이 분리되지 않네
상자에 담기지 않을 말들로 마지막 페이지를 쓰려 하네
책방이 독립을 닫는 동안
푸른색 인테리어는 더 서늘하거나 시시해졌네

나침반의 끝을 따라가 보고 싶지 않아?
남위 65도 동경 139도, 자남극점이라고 알아?

따라 준 커피 안에서 뾰족했던 얼음이 어둠과 타협하네
내일쯤 가장 추운 나라에서
죽은 어미 고래의 등이 발견될 것 같네

오래 다듬지 않은 머리카락을 한쪽으로 몰아세우고
찰랑거리는 생활이었다 하네
끝을 정돈하지 않은 손톱들은 다채롭고
한참이나 서성이는 것들을 성가셨던 것들에 송금하네
마지막 비밀에 간격을 마련하네

우박이 들창과 어떤 처음을 들이박는 저녁이 오면
결대로 하는 결심을 배워야 하네

다 큰 아이들에게 내일 버림받을 산타클로스처럼

어느 페이지부터는 접히지 않는 책을 꺼내 보네

오늘 밤엔 읽히지 않을 글자를 덮고 자는 거야
이후의 낱장이 되는 거야

부동하는 새의 유동하는 생활
— 비공인중개사 고

땅은 땅대로 잘 살았다고
당신은 당신대로 아지랑이 같은 농담을 줍고 다녔다고
오르고 또 오르는 생활이었다고

금방 죽을 사람의 금방 죽지 않을 말치고는
의미가 의미로워지지 않는 날에

행복하였네라, 행복하였네라

내게 땅이란 '꽃동산'이란 이름의 주보와
칡뿌리 넘실대던 궁둥이를 가진 옛 마을 동산뿐

잘게 뱉어지는 웃음과 장마
나는 그저 남의 죽음을 아는 나무
식물적으로 살았어라, 당신은
나무 안의 남의 죽음을 보듯이

옳지 않은 땀과 오를 것 없는 땅 사이에서
당신은 타인의 습지를 찾아 돌아다녔어라

왔다 간 사람과
왔다 갔다 하는 마음

잘 살았어라, 잘 죽었어라

안 봐도 비디오

　　―카와이 박

　　고등어구이의 껍질은 세심하게 먹지 않는 녀석, 아니메 스크린에 살다가 잠시 현실로 소풍 오던, 난쟁이 코트 주머니처럼 생겼다는 말은 사실이다, 불황 없는 2차원의 정오에서 유행가를 부르던, 늙은 엄마의 입술 주름을 두고도 카와이, 카와이, 만화 속에서 불길에 휩싸인 동네를 걱정하던

　　너는 어디 갔는가

　　서른 지나 희대의 졸업을 하고도 장가 대신 짱가를 택한, 족발집 불이 꺼질 때까지 돼지 정강이뼈를 핥던, 내 사랑하는 보사노바와 생활비를 빌려 간 겨울, 미러볼이 바깥 생활을 빙글빙글 돌리는 노래방이었고, 신호등과 이정표, 고지서와 기타 등등에 낭창거리는 런닝구 바람이었다, 재작년에 산 복권이 발굴되는 바짓가랑이를 펄럭이며, 쉰 김치가 우리를 바삭거리는 소리에 웃던, 자주 가던 카페 안엔 2071년의 우주쓰레기와 그 무렵의 카페인, 아무 곳에나 스미던 박애주의를 두고, 루머에겐 무한한 팔다리가 있더구나, 세카이계의 마지막 쇼트가 뚝뚝 끊기는데

늙은 괘종시계는 대신 울어 주지 않고
너는 탈지구적으로 소풍 갔는가

●2071년: 일본 애니메이션 「카우보이 비밥」의 시간적 배경.

흑점라떼
—바리스타 이

당신의 표정이 나를 함축하던 시절이 있었다

몇 년 전 소인국에서 거인이 죽었다는 소식을 들었습니다
바리스타는 어느 별에서 흘러내린 음악일 테죠
거대한 행성 같은 구호를 달그락거리며

범민련, 남총련, 한총련, 범총련, 파쇼! 파쇼! 깃발은 붉
은색, 핏줄과 힘줄, 자주와 민주, 봄나무 우듬지에 영근 시
련과 미련

그래도 아메리카노는 권하지 않아요
쓴맛과 떫은맛은 쏙 빼고 루왁, 루왁
다채로운 발음에서 흐느끼는 과일 향을 느껴 봐요

죽이는 시놉시스에 죽을 일들이 많아도
죽은 묘목에 달린 코카콜라를 애써 감추지 말아요
과연 선사시대 영웅

외톨이 나무들이 모여 이룬 외골수 숲이 있었고
이것은 타다 만 목마름 두 잔입니다

24

태양의 흑점처럼 고요한 오후
포스기 너머는 무해하고 조화로운 세계

귀신 같던 포즈는 하나같이 쓸쓸하고
영수증은 또 얼마나 구체적인가
환청을 데려다 놓는 바람은 이다지도 슬슬한가

피 흘리던 누구도 뼈를 들킨 무엇도
살점 패인 어디도 그윽하게

흐드러진다
봄

너의 안개를 살게

—갱스터 송

너는 안개를 살던 사람
안개를 피우고 안개 뒤에 숨던 사람
아무에게나 총구를 겨누고
누군가에게 마지막 안개를 씌우던 사람

밤이면 아무에게 비를 내리게 하고
비 냄새와 피 냄새를 구분할 수 없게 했지
접었던 골목을 골고루 펴고는
안개에 숨어 있던 기운 전봇대만 발라먹곤 했지

숨기 좋은 곳들을 들쑤시면서
숨죽여 빗물에 자기 피를 씻던 사람
자기 건지 남의 건지 알 수 없는 핏물에
시를 쓰던 사람

피 묻은 시에서 눈알을 빼내
안개로 다가오는 이들의 입을 막곤 했지
이 사람, 저 사람의 찰나를 쟁여 놓고서
안개더러 마지막 총알 하나를 지키라 했지

죽인 사람을 일으킬 수 없을 텐데
가장 늦게 핀 붉은 팬지에 이상한 약속을 했지
사라진 사람의 살아지던 삶을 기두려 했지

그냥 써지는 이야기일 뿐이라고
그저 쓰이는 마음이거나 안개가 있다고

피 흘리기 전에 여기 마지막 총알을 줄게
붉은 팬지와 너의 안개와
이 시를 살게

하나의 얼굴
—필리핀 백

—

정글의 심야를 아는 벌레가 수화기를 타고 날아다닌다
초록 구두 아이가 인도양에서 신발 한 짝을 잃어버린다

걸어온다
쑥국과 고구마순김치에 버무려진 유년

하나의 얼굴로만 남은 아이
우리 놀던 또랑엔 좀처럼 손을 주지 않던 아이

처음 보는 신기한 미래를 수백 번 다녀온 표정이었다
그의 엄마는 그 표정을 완성하기 위해 모두를 경계했다

손가락을 펴지 않고도 구구단을 외던
손가락을 접지 않고도 피아노를 치던
그리하여 친구가 없던

모르는 저편을 향해 우뚝한 붉은 담장 집이었고
무엇에든 맨 앞의 온도로 웃던 폭설이 닥친 날이었다
간혹 대문 앞에서 발가벗겨지던 동요
가장 병약한 희망을 거기에 세워 두던 사랑

비명을 담은 침묵으로 나를 보던 아이의 눈

붉은 담장 집에선 이상한 일이 이상하지 않았다

고향 집 젓가락처럼 온순하게 구부러지던 아이
국기 게양식을 지켜보는 포도알처럼 공손하던 아이

도박사이트를 운영하던 일당이 체포되었습니다

언젠가 한번 꼭 볼 것 같은 장면에서
필리핀의 나무가 쑤욱쑤욱 자랐다
초록 구두를 벗은 나무가 불쑥불쑥 시들었다

인도양에서 삼십오 년을 밀려온 잎사귀가 있었다

제2부 하이브리드 코미디

indie, under, wonder

—초코파이 정

고래의 목울대에서 태어난 꿈이 늦잠을 잔다
접촉 불량 마이크 케이블처럼 웅크려 잔다

아니다, 그는 한 다짐이 일으킨 마지막 홍수를
들이마시는 중이다

『핫뮤직』 잡지에서 노아의 방주를 본 사람
국민학교 짝꿍 이름을 검색하다 가끔 울던 사람
컴컴한 클럽 반지하에서
엘피판에 앉은 먼지를 친구라 부르던 사람

음악을 아껴 쓰지 못했어
선심을 빌려 쓰지 못했어

스트라토캐스터 6번 줄에서 끊긴 애인부터
고장 난 이펙터 페달과 함께 조각난 월세방까지

녹슨 귓구녕에 해당화를 심어 줬는데
이미 방향 바꾼 구름의 안부를 물어봐야, 뭐

한번은 아버지에게 마지막으로 얻어맞은 뺨에
마지막 애인에게 얻어맞은 뺨을 대고

데칼코마니네, 하하하, 흐아흐아흐아

웃음과 눈물이 서로에게 성호를 긋는 저녁에
저녁에 하는 세수가 삼 일 만인 삶에
부처님과 하나님을 공평히 찾는 사람

자기가 죽어도 엄마 꿈엔 비가 내리지 않는다고
발 없는 새로 태어났던 거라고
골고루 겸손해진 통장 안쪽에 유일무이한 노랫말을 적
던 사람

저 캐비넷엔 백야의 밤이 담겨 있어

먼 곳을 가리키는 습관은 정돈되지 않고
오래 비행한 새의 다리 같은 손가락으로
아직 늦잠을 자는 세계로 웃는 것이다

과연 음악은 물색으로 허물어지는 세계

거기 어디 심해에 사는 음표들에
아득한 별 가루를 던져 주고는

평생 여독을 풀다 다시 긴 여행 떠난 사람
남의 간절한 꿈에선 일찍 일어나기도 하던 사람

머나먼 출근
―외래강사 이

보드 마카에 미끌거리던 교양은 끝났다
과장된 문장에 기숙하다 무서운 다짐을 씹는다

수학적으로 오는 월말을 맞아야 한다

목구멍을 가로질러 세상에서 가장 하찮은 새가 날았다,
삭선처럼 지상에 처음 도착한 눈송이가 있고, 그 무게에
뼈를 다쳐 다리를 저는 벌레들이 있다, 풍선이 옮기는 공
기의 마음이 되었다

눈치 없이 남의 지붕을 넘나들던 농발거미를 본 적 있다

별수 없이 수많은 별세계와 적이 되는 새벽에, 적어도
적을 수 있어서 시인이란 마음에, 내 곁을 저공비행하다
추락한 애인들에, 이것은 각자의 비명이 제집 찾는 소리,
지갑이 지껄이는 소리나 마신다는 것, 여기서 돌아보면 소
금 기둥이 될지 모르는 개조식 생애, 꿈에선 나를 채점하
는 손목을 백한 번 잘랐지만

아버지, 그늘을 오래 달고 다닌 발바닥도 닦아 주나요

전단지에서 우수수 떨어진 숫자는 어디에 주워 담나요

신년부흥회 현수막이 어지러운 퇴근을 펄럭일 때
여기는 아니고 저기라는 오답에 관해

프로 모텔러

―멜로 이

　알맞게 꺾이는 옆구리와 밤을 아는 치마와 친해요, 어여뻬, 어여뻬, 우리 집 개 이름처럼, 벨벳 같은 내 품을 봐요, 과연 아름다운 나라 미국 박사라니까요, 나이깨나 먹은 손과 비밀깨나 처먹은 속으로, 마음 다쳐 닫힌 문을 골라 슬쩍슬쩍 쓰다듬어 보는 편, 무슨 일이든 칠 부 능선까지는 기다리는 편, 술과 고백을 잔뜩 먹여 보는 편, 이런 마음은 처음이야, 한 번은 지켜 주는 편, 지난번엔 결혼한다는 여자, 이번엔 결혼한 여자, 결혼한다는 여자가 결혼하고도 쿨하게 만나요, 결혼한 여자가 이혼하지 않아도 핫하게 만나요, 각자 갈라서고 우리 다시 시작할까, 거기선 장난이어서 진심, 여기선 진심이어서 장난, 수준별로 맞춤형이어서, 우리 자주자주 오가요, 계약직 사랑꾼과 멜로학 박사, 절절히 쓸개를 쓰다듬는 기술, 왜 이제야 나타난 거야, 괜찮니, 아무 일도 일어나지 않아, 괜찮아, 우리 사이엔 꽃도 바람도 콘돔도 끼어들 수 없어, 수술대 위로 간 나무는 뿌리를 벌리기도 했다는데, 나무 편도 남의 편도 남편도 아니니까요, 순한 눈을 들켜야 할 때를 아니까요, 끝까지 지켜 주지 못해 미안해, 뒷모습으로 오는 미련에 웅숭그려 보는 맛, 정과 연이 많은 고로 정출연 정규직, 스릴의 주서식지가 주차장 구석이라는 학설에 따라, 여섯

시에 만나 아홉 시에 사랑해요, 멜로엔 완주가 없으니까요

월곡에서 돌아온

—다락 김

멍든 누나가 돌아왔다
손톱 얌전한 고양이라도 다 지나갈 때까지
누구도 삼키지 않는 정든 골목에 서 있었다고 한다
일단 안심시키기 좋은 얼굴을 발명하고서
누나가 국밥으로 내장과 기억을 다 씻기까지
취객처럼 아버지는 화분을 노려봤다

그날부터 안방에선 조카가, 앞마당에선
날지 않는 까치가 월곡, 월곡, 뛰어다녔다

아침 혼잣말에 찬물을 다 끼얹으면
새파란 영혼이 되는 누나
열다섯 무렵의 서랍에 처음 보는 욕을 쟁이면서
그렇게 오후가 목적이라는 듯 숨을 쉬었다

거실 액자 아래에 조카는 아직도
딴딴따단, 딴딴따단
오래된 샹들리에를 찔러 대는 것은 무엇인가
그때마다 액자 속 남녀는 중국 인형처럼
다시 웃었다, 믿음대로 사랑이 오는

길 끝에 다락방이 있었다

오늘도 십자가 아래 간판은 참사랑, 한사랑, 온사랑, 새
사랑인데
그 시절 손잡이 없는 거울에서 나쁜 연애들이 태어났다
영혼이 마른다는 누나를 아무도 말리지 않았다

늙은 고양이는 굴리기 좋은 다짐을 두르고 일찍 잠든다
어느 호수에선 틀림없이 변사체가 발견될 것이다

스피커는 잠들지 않는다
—레전드 신

—

당신은 누구십니까

벌써 거뭇해진 관계를 빨아먹고 있다는
사이를 채운 중력들을 말려 널고 있다는

당신과의 이 여행은 힘이 듭니다

아는 고아는 외국 왕족과 사랑에 빠졌고
어느 사진사는 전쟁과 잔정으로 국경을 넘고
당신은 외교부 직원이면서 육개장 가게 매니저입니까

말은 말들을 데리고 지금 어느 계절을 건너고 있습니까
말이 흘러간 길들을 거둬들이면
함께 딸려 온 시나리오가 천만 영화를 후려 패는 나날입
니까

당신에게서 당신인 것은 모두 한강을 이루는 것입니까

말을 떠나며 말을 생각하거나
생각하지 않습니다만

당신의 서녘과 말의 길 끝이 서로 서먹합니다

캘리포니아 빌리처럼 몇 만 원을 빌리고는
발연기하는 물귀신은 연기처럼 사라진다죠

모르는 죄가 수북한 여행도 궁금하다 합디다만

권태의 실험실

—시냅스 최

그 시절의 오빠는 폐지 줍는 할머니와
지구의 회전을 돕고 살았으므로

그때 다행이었던 것들은 지금도 다행일까

아빠가 된 오빠의 이편을 아직 보지 못했을 때
엄마가 된 그녀가 저편을 자꾸 돌려세운다

손목은 스냅이 좋고 입을 열면 시냅스, 리비전
발음 좋은 사랑을 희미하게 걸어 두고
밤이면 에로틱 스릴러를 감독하고, 아침이면
단 하나의 문장으로 기어가던 연애
후득후득 오늘 쪽으로 쏟아지는 감정

쥐와 오빠의 뇌를 절단하던 손으로
사랑과 생계를 아직 실험하고 있는지

시간과 제라늄이 숨죽이던 거기 발코니
다만 발코니를 사랑하던 밤이 기척을 내면
새벽녘 혀의 마찰력까지 함께 연구하며

겨울까지 살아 내던 여름 모기는 안녕한지

한번은 기암괴석 같던 책 뭉치가 무너져
다시는 글을 쓸 수 없다고
목청 나쁜 알람처럼 자처운 적 있지

자꾸 손이 가는 형편이어서 미안했어
자꾸 하얘지던 우리 실험실은 누구의 여백이 된 것일까
하얀 감정을 눌러 보던 손이 떠난 후
확고해지는 시간을 향해 핏줄 세우고 싶어 하던 저녁
이여

구름이 기록에 남겨지지 않을 높이로 지나간다

웃지 마 신림동
—깐느 박

　이십 대의 달력은 단편적으로 잘려 나갔다
　그의 짧은 영화에서는 남녀노소가 유쾌하게 죽어 나갔
다

　아버지 상여를 메는 꿈을 꾼다고 했다
　처음 보는 저수지가 고향 집 발목을 때린다 했다
　깐느가 필요로 하는 소감만큼은 영어로 준비되어 있었
다
　뼈대 없는 말들로 그 무렵 우린 눈부시게 물렁했다

　변비와 카메라 삼각대와 농담이 사라진 삼십 대의 어느
즈음
　적을 게 없는 인생이 공란을 시위하기까지

　그때부터 시계는 지루한 무성영화처럼 가다 서다 했다
　어항 속 금붕어는 가능한 길을 꺼뜨리며 살았다
　구름 아래로 착지할 곳 없는 새들이 붐볐다
　애인은 잡상인을 물리치는 자세였다

　술잔이 불가능, 불가능

46

하며 밤과 밤 사이에서 부딪쳐 댔다

멱살도 쥐어 보지 못했는데 반대편은 천천히 멀어졌다

무거운 문을 가진 신림동의 손짓에서
아버지 상여는 기어이 빠져나갔다
고향 집은 뉴타운의 '뉴'에 잠겼다

무엇이든 증폭시키는 빗소리 뒤에서 그와 만났다
처음 보는 고요들이 단속적이었다
우선은 웃자고 하는 말들 다음 순간의 일이다

주문이 쏟아지는 가게에서
너도나도 빈 잔처럼 고요히, 살 것도
팔 것도 없이 서 있었다

사건 백과

—스마일 김

—

여러 여자가 발을 헛디뎠다

투명하고 착해 빠진 자리
한 기다림이 오래 서 있기 좋은 자리

아직도 절뚝이는 발자국엔 고온의 농담이 고여 있다
그는 단지 이상하거나 대개는 비어 있는 세계였다

투명에 깨끗해진 여자가 있고
투명에 더 더럽혀진 여자가 있었다

만 년을 얼고 일 초에 녹는 마음을 형용할 수 있던 여자,
밤마다 다짐으로 은하수 너머까지 주물러 대던 여자, 어떤
이후와 동업하는 마음으로 그가 있는 무대에 매일 오르던
여자, 주름 없는 손바닥으로 애완견 발톱을 깎던 여자, 반
죽처럼 말랑해진 그를 지갑에 넣고 현금처럼 쓰던 여자,
아무나 다 죽이는 게임을 끝내면 병원으로 출근하던 여자

투명을 묻힌 온갖 우주들은 이내 꽃 냄새가 되었다

—

48

잠에서 방금 깬 표정과
오래 잠들지 못한 표정은 분간할 수 없다

투명하고 착해 빠진 자리에 눕기 위해
오늘도 한 여자가 오고

슬슬 절뚝임을 연습할 일이다
꽃 냄새는 지금부터 키가 클 예정이다

어제의 애인을 내일의 애인처럼 만나고
—말년 강

이러면 안 될 것 같은 아침에서 그러면 안 됐던 저녁으로

국방색 생각이 돌돌 풀어져 닿은 단 하나의 집
훈풍에도 쿨럭이던 물결은 그 집 벽을 때리고 돌아오곤
했다
우린 이미 다른 방향으로 튀어 나간 물방울들이었으나
익숙한 물방울이 한 집에 모여 젖은 심장을 서로 쓰다
듬듯이

과거와 어떤 형편과 대개의 죽음은 후회되지만
후회하지 않으면 더 좋은 감각의 집에 피가 돌았다

너는 아직 솜처럼 가볍고 불안한 걸음이구나, 그때처
럼 오늘만 서로의 부피를 재기로 해, 말캉한 윤곽에서 나
는 그 음정이 그리웠어, 풀과 구름과 온갖 말들이 흔들
릴 때 나는 소리를 아니? 나를 허락하는 소리를 그때 들
어 본 것 같아

명백한 간격에서 흠뻑 젖었다

그때도 바람은 이동하고 해는 바람을 넘었다

단정한 아침엔 성실하게 바쁠 사람들 틈으로 흩어질 안
개

그것까진 좋았지, 그렇다고 하지, 그렇지, 하고 말했다

나는 부끄러운 사람

너는 부끄러운 사람을 모르는 사람

나를 따라 귀대하는 별과 밤에도 퇴근하지 않는 나무,
죄가 무성한 별밤으로 청춘이 증발하는 냄새를 맡으면서,
뒤처지는 것에게 열병을 앓는 글자를 내주면서,

편지는 부치지 않을 거야

허락이 없어도 밤은 밤으로

감각으로 남았어도 남은 남으로

여독

—노름 노

———

젊을 때부터 할아버지는 여행으로 살았다

틈만 나면 할머니는 가족사진 한쪽을 접었다

서늘한 찬장 구석으로 난폭한 눈과 비가 가득했다

온갖 비밀한 계절이어서 시시한 절망일랑 말 걸지 못했
다

양계장을 허리에 두른 뒷산엔 구름도 떠나기 위해 묵었
다

손주들로 빈 데가 없는 안을 가진 집

자기 주름이 비칠 때까지 할머니는 마루만 닦았다

병과 가난은 늦겨울 마지막 진눈깨비를 두고도 노름을
벌였다

——— 목마른 수요일 즈음, 누군가 마지막 여행을 떠나기 좋을

즈음

　수년의 폭풍우가 쏟아졌고, 십수 년의 폭설이 녹아내렸
다

　이튿날은 햇발이 모처럼 풍년이어서 동백은 작년보다 붉
었다

　젊어진 할머니 목청이 빈 데를 가진 세상을 찔러 댔다

　샛길을 아는 할머니에게 먼 나라 새가 미리 다녀갔다고
한다

꽃과 맹신에 대한 충고

―소설 박

이미 뒤졌던 쓰레기통으로 다시 돌아왔구나

팔레스타인 분리 장벽 위에서 글을 쓰는 마음을 알지
천국의 아흔아홉 번째 층을 알고
어디로든 단박에 도약할 수 있는 고양이 한 마리를 알지

고쳐 쓴 소설에서 총성이 울려 대는구나, 그래, 불시에
들이닥치는 천국을 나도 알지, 천국의 빈 셋방을 나눠 주
는 종교를 알고말고, 작년보다 더 수척한 문장이 재작년
의 땀을 아직 흘리고 있구나, 이해해, 누구나 자기 목마름
을 발명하는 기도문 하나쯤 갖는 거야, 때론 세상 모든 경
전을 가진 박물관의 자세가 되어 보는 거지, 너는 오래 후
회할 장면으로 들어가는 패잔병은 아니구나

누구는 구름의 가던 방향을 일순 바꿨다는데요?
어떤 문장엔 억겁의 사랑을 기다리는 꽃이 음악을 배
운다는데요?

아쉽구나, 신춘(新春)으로 가는 십이월의 징검다리는 이
미 끊겼단다, 가장 맑은 발음을 꺼트리고 오는 새해에 대

해 말해 줄 수 없구나, 독백을 막아서는 벽들에 대해, 어쩌겠어, 이것은 데자뷰야, 당장 없는 천국을 미리 앓는 유령을 보는 일, 익숙해지자, 지진도 없이 잔해가 되는 유령을 만나더라도, 이편이 보이지 않는 저편으로 가고 싶다고 했니, 네 손에 든 꽃은 꽃이 아니야, 눈먼 원고가 있고, 생활을 합장한 유령이 너를 부르는구나

네게로 떠내려가다 멈춘 위태로운 충고들
소중한 꽃말을 자주 분실하는 세상이어서
다만 먼 지진에 사는 네 시간을 꺼내 줄게

내가 아는 고양이는 내일도 내일의 내일을 꿈꿀 것이다

총성을 내며 다시 분리 장벽에 올라
그르렁그르렁, 음악을 배운 꽃과
문장에 토할 것이다

레거시 스타의 환상 게임

—섹시 조

—

찬밥에 나를 넣고 물 말아 먹던 남자와
펄펄 끓는 물의 밤만 생각했다
물이 되던 밤들만 가까운 계획으로 흘려보냈다
썩 괜찮은 베개를 나눠 벴다고 생각했다

넋을 놓고 사랑한 놈
넋을 잃고 이별한 놈
아무도 넋을 기리지 않을 때까지
슬픔과 리본을 단 시간을 늘어뜨리고

난 이제 어디든 갈 수 있어라

모든 게 틈 때문이야
축축하고 구불구불한 나의 틈

나는 감귤색 입술의 사회주의자
몸 안 종양까지 반려동물처럼 키우는 페미니스트

너는 틈 사이 어딘가 몽우리를 처음 찾아 준 남자
단 한 권의 책에 아직 여름처럼 접혀 있는 남자

—

약속하지 않아도 계획처럼 도달할 수 있는 미래에
세상에서 제일 날카로운 노래를 빌려주고
여차저차 애도 한번 밴 후

언젠가 날카롭게 베일 줄은 알았지만, 안녕

늙은 골목 같은 딴 남자가 내 틈을 채우러 올 예정
나가고 들어오길 반복할 예정
굽어 돌아나가다 만 기분이
틀림없는 그리운 밤을 찾아 나설 예정

그놈들의 예정과 그녀들의 옛정

내버려 두기로 하자
겹친 서식지에 흥건한 습관의 지분도 Suck! Suck!
썩 괜찮지? 하면 괜찮아진 것 같은 세계에서

우린 진짜 물이 되는 거야
물의 밤에서 갈라져 각자 흘러가는 거야

다만 솔직했다면, 우리

제3부 서바이벌 호러

낭만 요강
―객원괴수 안

이 책장 앞 저 책상 뒤에 서식하는 낭만에게

나를 시식하던 책들을 스무 권씩 묶었다
스무 살 때부터 책잡힐 일을 해 왔다

다리를 저는 학설을 저 장절에서 훔쳤다
메모에 누운 개념에서 의미는 일찌감치 숨을 거뒀다
해석을 거른 문장을 이 책과 함께 버린다

슬픔이란 그런 것이다

손수레에 실린 이십 년이 뒤돌아보며 웃는다
이 풍경 안으로 내가 백만 번 끌려다니리란 예감

맨 나중 책의 부록과 가족의 얼룩

뉴타운 버펄로와 재개발 순록
—우두커니 정

—

멈춰 있는 구름일수록 한꺼번에 사라진다

귀에 박힌 처세술을 두고 우두커니 서 있다 보면
입에 붙지 않은 농담처럼 홀연히 사라지거나 바닥난다
여기서 아무개는 아무 개처럼 털려 나간다

소식을 문 새들이 먼저 방향을 차지했고
새똥을 견딘 버펄로도 오아시스 귀퉁이의 주인이 되었
는데
모르는 이웃들과 서로 잘 모른 채 화목한데

아무나 하는 말을 아무렇게나 할 수 없는 순록들은
배우지 않아도 아는 것들을 왜 굳이 배우는가
다시 없는 것들을 다시 잊으려 짐을 싸는가

세 아이를 이동시키기엔 손이 하나 모자랐고
손 하나를 못 쓰는 노모는 역시 손쓸 수 없었다

예전 같지 않은 숲이 애잔해지기까지
이동하는 것은 사라지고

—

우두커니 살다가 홀연히 바닥날 것이다

입체적 만남
—팝업 구

—

　그때 우린 더듬이 없는 곤충을 바랐다, 영혼이 번지는 문장을 앓았다, 갈수록 너는 가녀린 이파리를 먹지 못했다, 일찍 목 베이지 않는 배역을 위해 새벽 세 시의 우유 자전거와 연애했다, 한없이 떠내려가는 밑천들 곁에서 더 심연의 바닥이 되기까지

　헌 옷 수거함에 철 지난 노래를 욱여넣던 나날

　그렇게 흐르다가 멈추니 노량진인 어느 벼랑의 밤에, 모든 게 절로 아름다운 후렴 탓이었을까, 수산물 도매시장에서 구청 옆문까지, 새마을금고 귀퉁이에서 교육청 뒷문까지, 새벽 네 시의 신문 오토바이에 떨던 길을 발라낼 수 있을까

　피 흘리기 시작한 문장을 외고 쓰고 죽이는 날들

　양치를 해도 닦이지 않는 장면을 앙다물고서, 어느 계단을 정기적으로 오르기 위해, 함부로 불 끄지 못하는 밤과 다투며, 기계처럼 덮이는 페이지도 너를 견뎠을까

—

오늘은 졸다가 멈추니 거기였다고 명함을 내민다
상쾌한 걸음 아래로 연습된 리듬을 흘리는 가르마

아틀란티스에는 아침은 아침이고, 저녁은 상서로운 언
덕들이 있겠지

그에게서 팝업 그림책 세트를 샀다

고대 석상처럼 할인된 금액을 말했으므로, 어느새 생긴
더듬이로 조용히 톺아보는
입체적 생애

유행가에 사는 새

—시지푸스 안

그 이후 유행가에 사는 새가 자주 찾아왔다

올림포스산에 사는 환갑의 사내

비닐 봉투 사용은 금지되었다
빗금 쳐진 비닐공장 문은 늙은 목덜미를 돌려보냈다

암전은 삶을 완숙하게 삶는다

손마디를 꺾어 댈 때마다 정겨운 폴리에틸렌 냄새
자연 상태에선 분해되지 않는 기억

아무도 미안해하지 않고

바위를 밀어 올리면 함바집 신마이
바위와 떨어지면 구구찌 시다
바위와 더불어 바위가 되어
유행가는 가다와꾸 오야지를 애증했다

과연 쓰레기 매립지가 없는 나라여서

올림포스산에는 모종의 음모가 굴종의 목소리로

나에게 당신을 말하지 못하게 하는 무엇
똥띠기를 일삼던 작업반장을 몰아낸 무엇

올림포스산 정상엔 에쎄 박하 향 구름
그새 새는 다른 유행가로 이사 갈 것이다
퇴근 없는 밤에서 떠나갈 여자가 떠나가듯이

이 바위의 거기는 거기가 아니다

여름벌레와 빙하의 구름 길

—프로페서 김

고장 난 서랍마저 잠그는 법을 안다는
그는 너무 추운 입천장과 소문을 거느렸다

그의 곁은 땀 흘리는 정수리를 가진 벌레가 지켰고
벌레들은 빙하에 구름이 닦아 놓은 길을 빙빙 돌았다

여름에 살던 벌레 몇몇은 죽기 직전까지 얼었거나
얼기 직전까지 죽은 척했다

빙하의 길과 여름벌레가 어울린다고 생각해?

벌레를 넣고 서랍을 잠그고
갇힌 빙하에 벌써 죽은 생각이 잠길 때까지

길이 있다고 믿는 벌레들은 길길이 날뛰었다

줄을 잡은 벌레는 줄을 긋는 벌레가 아니고
줄을 세우는 벌레는 줄타기를 하는 벌레가 아니고

잠그는 법을 아는 그는 다디단 도깨비불을 모닥모닥

모았다
　모두의 모든 소문이 불타기 시작했다

　더러는 더러워져 살고
　더러는 더럽혀져 죽고

　이것은 빙하의 구름 길에 갇힌 여름벌레에 대한 기억
　불타지 않는 기억에 잠긴 고약한 이야기

마른벼락의 밤
—히치하이커 임

―

가장 밝은 해와 천 개의 논문을 이고
날아오르는 새 한 마리 보았다 했네
하늘에서 내려온 깃털 하나 꼭 쥐었다고 했네
손을 펴 보니 천국의 암호가 적힌 지도 한 장
그려져 있었다 했네

하나의 결론으로 가는 만 개의 서론을 짓고
가장 늦게 불 꺼지는 방 책장이 되었다 했네

내년의 꽃이 미리 세 들어 사는 사과 안쪽에
편지 같은 이력서를 써 댔다 하네
온 대학 울타리를 수시로 넘는 바람이 되었다 하네

얼마 전 쓴 이력서의 마지막 글귀에 흰 장미를 심었다네
가장 늦게까지 노래하던 풀벌레의 늑골에 대해
바람이 달군 장작불로 와 마음을 쬐던 눈송이에 대해
흰 장미는 제 무덤을 본 성자의 종교 전향서와 같았다
하네

―

책들은 팔았고 책상은 치웠고 그것이 상책이었다 하네

지도 끝은 깊이를 알 수 없는 낭떠러지였네
많은 폭풍이 더 많은 이름들을 거느리고
형이하학적으로 얼어붙어 있었네

가장 밝은 해와 천 개의 논문이라는 맥거핀에 대해
그를 잡아 태운 새 한 마리, 마른벼락과
마음의 벼랑 사이로 추락하는 게 보이네

맨 처음의 신학과 맨 나중의 철학
꽃 피는 천국이 있었다고 하는 이가 있었네
만 개의 서론이 찾는 단 하나의 결론이 있고

오늘 어느 빈 강의실엔 흰 장미가 만발했다 하네

후회 사전

—편의점 최

—

커튼 혼자 두 팔을 오므리고 햇빛을 받는다
남편과 아이는 간밤의 꿈에서 함께 건너오지 않았다
종업원도 없이 지키던 편의점이 그녀를 종업했다

산 너머 안녕한 것들은 통장처럼 가벼워졌다
애인의 애인에게서 내린 폭설은 다 치웠다
고지서를 토하다 잠든 우편함이 늦은 밤을 여닫는 날들
어제 내린 마지막 셔터에 훈장 같은 자물쇠여 안녕

이 계절은 영영 녹슬 것이다

마지막 손님이 가고 꿈의 뒤가 닫히는 소리가 있었던가
한없이 가벼운 농담으로 나를 임대 놓고
떠난 남자들로부터 그새 더 높아진 빌딩에게

아침 뉴스는 어제와 같아서
샌드위치에 협잡과 음모와 죽음을 넣고 우걱우걱
그래도 내일의 하이힐은 삐걱삐걱 돌아다닐 터
끝사랑 혹은 심해에 꽃을 심는 신앙이 다녀가고

—

서른네 번째 척추뼈가 생길 것 같은 서른다섯
탁상시계가 포인세티아를 보채면 현관문을 밀던 습관
나를 돌아본다, 이런 일들은 이렇게 일찍 일어날 일들이
아니었다, 이러자고 태어날 일이 애초에 아니었다

처음 보는 녹슨 기계 인간이 툭 떨어진 자기 목을 끌고
나간다, 어디로든 나는 간다 하며 나간다

괴물 열전
—가거도 리

—   햇볕은 아직 같은 각도로 다녀간다

(플래시백)

차디찬 아침부터 황구는 해풍과 기억에 얻어 차였다
씰룩이는 옆구리 뼈에서 승선 시간이 간격을 내비쳤다

황구와 해송이 섬처럼 옴츠리는 저녁엔
엎어진 밥상 위로 가능한 모든 것이 날아다녔다

어제보다 낮아진 담장은 사선이었고
사선 너머로 가기 위해 시선은 바다를 밀어 댔다

아토피는 일찍 죽은 엄마와 햇볕의 각주였다

되돌려주지 못한 마음에서 태어난 죄를 세어 보곤 했다
아버지는 죽지 않았고 태어나기 전부터 울던 문들은
셋방의 부대낌을 끼억끼억 흉내 냈다

—   유년은 해상 부유물로 떠다니고 거기 햇볕을 건질 수

없었다
  후박나무 밑동에 골고루 오줌을 뿌리고 오면
  하루의 마지막 햇볕은 더 잘게 부서져 나갔다

  다가오던 모든 원인의 덜미를 쥐고 아버지가 죽자
  달아나기 위해 굵어지던 발목을 달래 주던 진달래

  (점프컷)

  빨래와 근육통이 느리게 마르던 봉천동이었다
  떠나기 위해 머무르던 립스틱의 주인들과
  빨랫줄 위에서 서럽게 낭창거리던 햇볕을 저축하곤 했다
  스무 살의 계좌에는 꽃 피던 마당이 있었다

  슬금슬금 내려온 윗니가 아랫입술을 찍어 누르던 밤에서
  엉치뼈가 먹구름처럼 주저앉던 밤으로

  전봇대에 버짐으로 피던 현수막을 철거하고 다녔다
  욕망을 부양하는 가족들을 발명하고 나니
  관악에서 동작은 피와 협잡과 시멘트로 높아진 세계

은평에서 성북은 어제 깎은 산에게 살을 깎이던 우주

(점프컷)

서울 상경 삼십 년 만에 아들은 상경 계열에 진학했다
그림자 없는 햇볕을 살릴 수 없다면
숫자로 설명할 수 있는 세계만을 골라 중심을 갈라야 해

어떤 충고에서 언젠가의 진달래가 밟힌 자리를 또 밟
혔다
먼지가 된 햇볕 안쪽으로 짐승의 울음이 잠겼다

내쳐진 고양이마다 분양 분양 울었고
날카로운 가장자리를 숨긴 서류들이 두런거렸다
용산에서 강남으로 낯선 햇볕들을 외롭게 했다
일찌감치 개량 한복을 밀고 나온 내 배를 타고
막내딸과 아내는 질서 있게 태평양을 건넜다

(점프컷)

가거도 낚싯배에서 진달래 꽃잎을 씹자
기억을 묻힌 햇볕이 수십 년의 봄을 묻는다
드디어 그의 눈동자에 살던 처음의 햇볕을 발라내 주
었다

햇볕의 첫마디는 가거든 오지 않을 각오에 관한 것

같은 각도로 지금까지 다녀갔구나
간암과 가난 중 어디에서 분별과 번뇌가 끊어졌다

괴물 편지
—춘지 강

너를 그렇게 불러 미안해
고갯마루 그 집엔 아직도 낮달이 뜰까

분필처럼 하얗던 너는 반장
주번씩이나 하는 나는 정갈하게
눅진한 갈탄에 아침부터 어두워지던 것
나의 엄마는 어디로든 찾아오지 않고
황소바람을 일으키는 주름치마 뒤에서 너는
너만 기억 못 하는 웃음으로, 우리의
내륙저지대로 고루고루 비를 뿌리던 것, 그렇게
예보도 없이 찾아오던 너의 엄마
교실의 주름이라고 하자
반장의 말과 주번의 손
하굣길 웅덩이에 돌 하나 던지면
흐물흐물 풀어지던 괴물의 얼굴
떠내려가지 않는 것이 목울대를 간질이는 날에
안간힘은 가장 슬픈 자궁에서 미리 태어난 힘
구기자 박스 안, 넥타이핀 포장지 안
들여다봐도 들여다보지 않아도
알아지는 것들로 어른이 된다는 슬픔

아직도 첫눈처럼 새하얀 봉투 안에서
푸르른 낙엽들이 차곡차곡 서로를 밟는구나

찾아오지 않는 나의 엄마는 찾지 않을 날씨에 대해
뒤늦게 부친다, 여태 죽은 듯 살아 있는 괴물이여

내가 아는 가장 긴 복도 같은 이름을 지나

—키보드 최

—

    당신의 어떤 말은 기압을 움직였다

    내 몸엔 당신 말에서 태어난 다른 표정의 내일들이 붐볐다

    그때마다 우주는 투명하게 몸부림쳤다

    칠삭둥이 같은 이론에선 행성의 비밀이나

    은하계의 음모가 태어났다

    선생님 그건 아닌 것 같아요

    당신의 아침에서 밤까지 나는 둘둘 말렸다가 풀어지곤 했다

    일곱 개의 눈이 열세 개의 혀를 다스리는 나라의 법이었다

    한번은 책상에 또각또각 내 이름을 파내는 당신을 봤다

    내장에 있는 벌레를 어떻게 죽이지?

    당신은 대학 교시탑 아래 두 번째 나무로부터 미행을 당한다고 했다

—

너도 알지? 이곳의 공기는 냄새를 숨기고 있어, 발가락
까지 기형인 세상이니까

사람을 양말처럼 신고 벗으며 말했다

너는 모르지? 내가 잠들고 있을 때 형형색색의 괴물이
약물을 주입해

그래도 딸을 휩쓸고 간 바람이 전선을 형성한 땅에선 울
던 사람

내가 아는 것을 너는 앓아야 해

가끔은 쫙쫙 찢어 버린 책에서 떨어진 글자들로 논문을
꿰어야 했다

네 기억을 인용해, 논리가 증상을 호소하다 잠들 때까지

악몽으로 가는 모든 세상을 앓던 당신과
세상의 모든 악몽을 구경한 오후들

데려온 풍경을 데려가길 바라요
나는 나로 당신이 아닐 이유예요

흩어지는 작은 모래로부터도 피해를 입던 저녁이 오면

●교시탑: 경희대학교 서울캠퍼스 정문을 통과하면 창학 정신을 담은
탑이 솟아 있다.

소문과 빌런의 밤

—왕년 김

    뒷산 양계장과 앞산 솜공장 사이를 가르는 칼바람, 투전에 투정 부리는 아내였다가 도깨비 살림을 패대기치고 떠난 여편네, 내겐 이제 없는 엄마, 본전, 본전 하는 이의 면전을 구기며 구겨지는 지폐들, 술만 깨면 모두에게 사과를 하던 아빠의 손, 떠나간다, 탱자나무 가시보다 날카롭게 울던 울 엄마, 악다구니를 달래지 못한 아카시아 향기는, 이런 건 아무도 가르쳐 주지 않지, 다만 생각했지, 가난에서 어떻게 첫 번째 꿈을 빼낼까, 단꿈이 쏟아지는 잠에 매일매일 총구를 대고, 없는 엄마와 없으면 좋을 아빠가 내 유년을 주윤발처럼 장전하며 놀았지, 넓은 어깨를 가진 풍상이 수치로 앙다문 미간을 때려 댔지, 이미 없어지고 있다는 것을 알아야 해, 없어지면서 없어지는 것들로 다투고 있단 걸 알아야 해, 밤은 가깝고 별은 차디찬 지붕 아래에서는, 오른팔에 깁스를 한 미래에 눈감기 위해 잠을 잤고, 그때 이미 반듯한 밥상으로 오는 아침이 사라진 거지, 서글픔으로 전부인 말을 하거나 하지 않으면서, 그때부터 오로지 금과 숫자의 가호를 받기 위해, 사과도 없이, 기억이 나를 살아온 거야, 없으면 좋을 아빠가, 나도 된 거야, 온갖 빌런이 적힌 엔딩크레딧 맨 앞을 향해

제4부 레트로 멜로

나는 너의 몇 번째 물거품일까
—투명 오

내가 네 이름을 지었다면 애수라고 했을 거야

구름을 내려앉게 하던 힘은 내게만 다닥다닥 주저앉고
담장 낮은 집 지붕을 붉게 하던 맨 처음

빗방울을 사랑해

뒷산 물웅덩이에 요정이 살았다는 시절에 태어난 사람
눈썹 아래로 심장까지 수천 줄기 상수도를 가진 사람

오래 씻은 마음을 데리고 1990년대로 내리쬐는 리듬을
생각해, 투명에 비친 하늘을 구부리던 새벽 벌레를

기억해

어머니 요도를 빠져나가듯 대학을 졸업하고
네가 이주해 살던 일기장에서 실업했을 때

계곡은 커다란 바위도 서너 갈래로 찢어 구르게 하고
떠내려가는 자신을 찾지 않는 사람이 있구나

몸 안에 오래 물방울을 길러 왔을 마음을
미워하지 않기로 해

사람들은 저마다 다르게 부르는 저수지를 떠올리고
비가 오지 않아도 불투명하던 바닥의 멍울은 걱정하지
않아

부모님의 시선을 등에 묻히고 벼락을 향해 앞으로 가던
네 낡은 구두
네가 허락한 인공수로에 푸른 배로 떠다니던

아직도 나를 통과한 바람만이 닿을 수 있는 은하수가 있
다고
맨 끝 작은 별까지 뒤져 보던 밤이면

너의 내부를 떠도는 물고기라도 되었을까
열대는 가 본 적 없이 스스로 더운 열대어를 알아

그늘은 숲의 몇 번째 수해일까

햇살은 구름의 몇 번째 물거품일까

다만 내가 네 이름을 짓는다면 수애라고 할 거야

잘 모르는 새벽
─까막별 이

─

    문을 열어젖힐 때마다 할머니는 자꾸 작아졌다

    온종일 몇 개의 단어로 우주를 만들다 부쉈다
    수액 튜브 끝은 가장 먼 우주로 연결되었다
    수시로 창문을 열고 깊이가 불분명한 구멍들을 배웅했다

    정수리에서 흘러내린 은색 초원만 점점 길어졌다
    그 풍경에 들어간 이들은 조용한 관목림이 되었다
    닳아진 뿔을 가진 검은코뿔소도 그늘을 포기했다
    언제부턴가 울지 않는 기린들은 달콤한 거짓말을 예열했다
    밤이면 쇠기러기들 어제보다 투명해진 눈알을 굴렸다

    굴러가거나 굴려지는 마음들
    다정하게 떠내려가다 끝내 물결치는 먼지들

    은색 초원은 아름답고 찬란한 간격으로 자다 깨다 했다
    성실하게 잿더미가 된 사연들이 휙휙 지나가는 꿈이었다
    유일무이한 별자리들이 다가와 무한히 흩어질 약속을

단속했다
　별들은 했던 말을 또 들을 때 일어나는 잔광이 그리웠다

　단단한 물방울을 거느린 창문 가까이로 모르는 새벽이
다가왔다
　우수수 쏟아지는 신비로운 침묵 속에서

　늙은 타조는 지구가 잠시 기울어지는 소리를 들었다고
한다

우울과 퀼트와 고양이 호수
—불면 오

─

　당신도 아다시피 당신 불면을 도운 적 있습니다
　당신은 모르게 당신 우울을 다녀간 적 있습니다

　자꾸 넓어지는 당신 호수가 있습니다, 가장 깊게 내려
앉은 온갖 잡동사니였던 적 있습니다, 당신은 나도 모르
게 나를 퀼트한 적 있고, 당신은 모르겠지만 당신 손을 수
시로 잃어버렸습니다

　즐비한 밤과 사소한 파문 사이
　당신이 태어난 곳
　내가 자란 곳
　당신이 머물다 간 곳
　내가 가다 머문 곳이 있는 어떤
　사이

　거기서 가까운 이름들이 당신을 떠난다지요, 일부이거
나 전부였던 기타 등등까지 휘발된다지요, 늦잠과 손주 이
름과 친구에게 가는 길이 침해받는군요

─　치매라는 것은

당신을 운반하던 산책로가 떠나가고
　마을 정자에 남겨진 국자가 휘발되고

　괜찮습니다, 그래도 고양이에게 줄 손은 남아 있군요,
아침밥을 깜박한 당신의 아침에서 밥을 먹는 고양이, 당
신 손에 수시로 등을 주는 고양이, 당신의 산책로를 걷고
당신의 마을 정자 아래에 산다는 고양이

　저 대신 고양이가 당신 마지막 퀼트가 되어도 좋겠습
니다
　고양이와 긴 잠이라면
　당신 밤의 바깥이어도 좋겠습니다

아버지가 주머니에 들어가신다

—외등 백

아버지는 틀림없이 아버지가 되기 위해 태어났다

아버지의 주머니는 낡고 쓸데없이 깊었다
손을 넣으면 무엇이든 만져진다고 했다

정작 아버지는 그곳에 손을 넣지 않기 시작했다

거기에 어머니는 여자를 두고 왔다
나는 일찍이 꿈의 상형을 두고 왔다

주머니 안의 연약한 우주를 거칠어진 손은 알고 있었다

우리의 꿈은 아버지 주머니에 들어가면 나오지 않았다
아버지 손이 주머니 밖에서 핏줄과 주름을 더 많이 거
느린 이유다

마루에서 도움닫기를 하면 마당에서 받아 주던 손
큰 치수 고무신에 탁탁 얻어맞던 내 뒤꿈치까지 사랑해
주던 손
먼 데를 보는 남매의 가까운 데를 닦아 주던 손

홀로 추운 데서 자기 이름과 손마디를 툭툭 끊고 있었는
지도
손과 함께 닳아지고도 필요한 손이 되고 있었는지도

아버지,

응급실에선 자기보다 오래 살 이들로 슬퍼진다니
삼 리터의 복수(腹水)에서 많은 얼굴을 빼내고도

주머니 안 어둠이 두서없이 쏟아지기 시작했다

아버지가 될 수 없다는 마음이 응급한 건 아니지만
아무에게도 들키지 않을 시간에 그리워질 손 잘리고 있
어라

우뢰매는 외계로 돌아가지 않았어
─성가대 김

─

　무릎들의 아래를 평등하게 하는 눈밭
　녹기 위해 얼던 마음이 사십 년 전으로
　거기로 구르다 보면 낡은 부츠처럼 축축해지는 얼굴과
　얼굴, 어린 남매를 내려보는 교회 종탑의 마음을 가진
　지상으로 고드름 대신 녹아내리던 신호등 사탕도 거기
에
　헌금이 닳아지던 그 맛, 없이 살던 마음도
　없어지는 해 질 녘이면 하나님이 민들레를 이해하듯이
　하나님도 눈밭에서 무릎 아래로 굴러가다 노래가 되면
　애인 찾던 군인들이 애인 대신 찾던 군교회
　여덟 살 주일학교 선생님은 말년 병장이었는데
　말뜻도 모르고 말년, 말년 하면 수채화 속에서 평등해
지는
　포도나무집 할머니가 물 말아 먹던 점심
　합사 안 되는 관상어처럼 어물어물하던 친구들
　고기반찬 같은 손주들, 풍경은 굴러가기 위해 항상 둥
글고
　우뢰매를 보여 주겠다던 선생님의 말년이
　녹는다, 여덟 살의 새끼손가락을 찾던 날이 얼기 전에
─　데일리 누나의 자세로 에스퍼맨의 텀블링도 굴러간다

고향 땅 애인은 마음의 정처를 옮겼고
군복 소매로 눈물을 옮기며 마지막 주일을 닦던 것
건네준 가나초콜릿이 다시 가, 나, 다를 가르친다
지금도 목구멍 안 어디 그늘이 스물거리고

강원도 어디 산골 굴참나무로 늙는 목사님이 있다는데
당신의 내계에서 이만큼 굴러왔다는 것

별별 벌을 받는 예감

—외대 후문 박

별이라고 쓰면 너는 벌이라고 말하지

치욕을 무릅쓰는 유성이 우수수 간격을 재면
함부로 궁금해하는 얼굴로 거기서 환한 것에 슬퍼

유성이 박힌 자리엔 은빛 도어 벨 소리 은은하고
앙금 없는 마음 같은 풍경이 마구 태어나

너는 둥글게, 나는 덩그러니 앓았던 거야
알았어야 했던 거야

사건 없는 문단과 목적 없는 문장에서
자꾸 자라는 너의 웃음과 내 단칸방의 다른 날씨

시작되었지

비유로 점철된 산문과 은유 없는 삶이란 벌

별별 벌을 다 받을 마음이었고
나의 낮을 너의 꿈으로 은유하고 싶었을 뿐

서광이라 썼는데 너는 섬광이라고 말했지

우연한 환희는 우아한 환멸로
너의 악센트에서 출렁이다가 섬세하게 철컹 닫히는 문들

열기 좋은 문은 나가기도 좋아서

지구는 돌고 돌아 우주와 실수로 연결되거나
우리는 수시로 연결되지 않았지

지구는 나 아니어도 피곤할 일투성이라서
몰랐으나 알았어도 별수 없는 저녁에

나는 예상되었고 너는 예감되었다

희망에 관한 열세 번째 암기법
—무명 시인 안

—

오래도록 지지 않을 꽃에 울던 가위손에게
상처 밑으로 한번은 평화로웠던 우리의 기억을 묻기까지
누구도 죽어선 안 되는 이유가 죽임을 당하기까지

전염병처럼 흩어지는 원한에 분홍을 선물한다
세상에서 가장 작은 맹세를 산다
검은 들개로부터 국경을 쉬이 넘는 자세를 배운다
가장 깊은 구덩이로 걸어간 비둘기의 휘청임을 기록한다
마지막 남은 눈물이 구름으로 돌아가는 걸 막지 않는다
지상에 잘 들어맞는 교리에 칼날을 베푼다
작년의 풍랑이 심긴 화분에 재작년의 피를 준다

수의를 짜기 위해 모아 둔 언어로 서랍을 부축하면서
먼 마을에 매인 양 한 마리만 기억하면서
평원을 찾다 지쳐 잠든 순록에게만 편지를 쓰면서

사랑에 부르튼 입술로 우는 당나귀에게
쉼과 종이 사이에 걸린 햇살에게
땅 밑에 바다를 숨겨 놓고 잊어버린 거북에게

—

울면서 깨어나는 잠이
피 흘리다 잠든 밤을 위로하듯이

말문을 닫은 우주 곁에서

발이 달린 장애

—구미 최

전진하는 바람과 후진하지 않는 나이

발달장애로 듣고 발이 달린 장애로 기억해
일찍이 꽃을 암산하고 바람의 음감을 알았는데

공장 기계는 돌아가고

젊은 엄마의 침묵이 작은 노란색을 향할 때
개망초 꽃씨와 너는 아무 데로나 도약했지

엄마는 시집와 기계와 시집을 읽을 줄 알았는데

엄마의 동요 후렴구를 아직 돌아다니고 있구나
쭈그러진 풍선 속 아빠의 바람도 다 빠져나가고

끝을 모르는 계곡은 특수하게 흐르고
느리게 느리게 아름다운 저녁을 사는 산새처럼

아는지
손을 떠난 풍선을 허락하는 하늘과 미루나무의 심정

팔다 남은 국수처럼 공평하게 눅눅해지면

엄마는 몸 안 어딘가 촛농으로 떠나가고
아빠는 성냥을 들고 엄마를 찾으러 가고
할머니 파자마엔 겨울에도 꽃이 피고

그래, 할머니

할머닌 지금도
더 내려서는 계단을 부여잡고 꽃을 줍고 계셔

공장 굴뚝에 아름답게 참담한 서리가 내리면

신은 우리를

—울진 김

—

　　그대는 노크 없이 나의 천국으로 들어올 수 있네

　　주름 없는 생활을 닦던 교회 강대상이 있고
　　모든 귀퉁이를 향해 햇빛을 날리던 종소리가 있고
　　종소리에 실려서도 멀리 날아가던 얼굴들이 있네
　　그대와 나의 우주가 있네

　　신과 우리
　　그대와 나 사이로 음표를 총총 문 새들
　　오르네, 많이 다르고
　　많이 닮았어도 노래는

　　새들의 길을 열고 길 끝에서 나는
　　너의 방언이 되고, 너는
　　나의 결언이 되네

　　바다로 뒤척이는 노래가 되네

　　가장 늙은 나무를 안고
—　　가장 깊숙한 말들을 쪼던 새 한 마리 곁에서

그날도 숲을 흔들던 신의 음성을 들었네

향나무 우듬지로 거룩한 손 내려와
우리의 말들, 말과 말 사이의 하얀 침묵을
내일 부를 노래를 아는 새에게 발라 주네

나는 믿네

어떤 음표가 더러는 땅에 심겨 초록 나무가 되고
돌아와 부러진 가지를 싸맬 일들

옛일들은 지느러미를 가지고
우리의 안과 밖을 지금도 항해하네

다시 만나자 손을 흔드세
그곳으로 누가 먼저든 막차를 타면

이제 초록을 윤문할 때

—두레마을 서

━

그해 여름 서해와 남해의 섬들은 불안했네
더 먼 섬일수록 옛날의 표정이 자욱했네

꿈을 보초 서던 별들에 관해
별이 있던 자리는 밤이 없던 자리만 비췄네
섬의 초록들을 꺾어 일기 속 당신 곁에 누였네

파도는 모르는 두 이름을 반복했네
수아, 주아, 수아, 주아

심장 너머 싱크홀 안에 나만 아는 세 번째 이름
별들은 위태로운 통기타에서 불규칙하게 박동하는 노
랫말을
뽑아 댔네, 목마름이 없는 첫 아침 같은 말

이방인, 천국보다 낯선 세계에서
통통배는 지금도 돌아오지 않네
자무시의 영화처럼
오즈의 엔딩처럼

━

두고 온 것을 자꾸 꺼내 문지르는 해안 철책선이 있고
얼음 같은 소금은 소금 같은 얼음을 씹어 댔네
넘어오지 않을, 넘어갈 수 없는

풋잠 속으로만 미끄러지는 사랑이어서
매복은 항상 뭔가를 돌려세우다 잊어야 하는 일

산자락 외등에선 허공을 짓고도 쉬지 않던 나방들
낮에 부서지고 밤에 다시 만들어지던 무수한 방들

너무 이른 전역을 명 받은 밑창에 대하여
외등은 오래 생각할 일이네

핑계 없는 먼지

―몸자리 박

―

사람이 죽으면 얼마만큼의 먼지가 되는 걸까

아직도 내 손으로 만져 보지 못한 내 몸이 있단 걸 알았어
처음부터 날개가 없었던 나의 후면
가장 가는 손가락을 가진 네가
창백한 설움을 새벽까지 발라 둔 자리

미안해, 그땐 너무 어렸거나 어려웠어

두루마리 휴지처럼 뼈마디가 풀어지고
내게서 가장 먼 그 몸자리가 욱신거리면
먼지가 견디고 있는 공중을 가늠해 봐

어떤 먼지는 몸의 문을 열고 다시 들어와
첫사랑의 이름으로 마구 돌아다녀
내 모든 뿌리를 쓰다듬으며 너를 흉내 내

너의 가장 여린 살갗에 죄를 졌어

― 쓰다 만 일기장과 내다 버린 구두와

연체된 고지서와 휘어진 숟가락까지
감옥이나 지옥에 갔다고 여긴 사람들까지
내성 발톱처럼 쑤시고 들어와 꿈에서
꿈으로 들썩거려

이렇게 이 시를 닫아선 안 돼

하고 침묵하던 너는 알았을까
멀리서 천천히 먼지가 되는 생애를

귀로 영혼을 듣던 시절에
한 번 발을 가져 본 나무와
단 한 번 육지를 밟아 본 물고기처럼

박제가 된 엉덩이

—몸뻬 은

이제는 조용하네
가 보지 못한 외계로 손주의 길을 내던 미싱의 밤
마당을 서성이던 초록의 그림자
노랭이는 아직도 제 겨드랑이를 핥지 못하지만

할머니
내가 아는 가장 온순한 엉덩이를 가진 할머니
성은 모르지만 '은'이라 적고 싶은 할머니

딸을 시집보낸 딸이 있고
아들을 군대 보낸 아들이 있고
땅과 수평이던 상체로
키 낮은 식물이 새벽에 덥석 문 언어를 읽고
평상 너머로 돌아눕는 바람을 저녁까지 토닥이던

주인 잃은 옷가지를 태우던 날로부터
그을리며 저 달은 암행을 허락했을까

암탉처럼 리드미컬하게 가던 시간, 사람
장독대 안 된장은 모르는 할머니의 시간

산새가 우는 오후에도 쑥은 쑥쑥 자라고
대나무는 아직도 대나무인 동네에서

언젠가 잊으려고 당장은 잊지 못한 기억
먼 능선을 부드럽게 구부리는데

우체부 빨간 자전거 바퀴처럼 귀퉁이 없던 푸념과
하나님과 함께 쬐던 한여름 선풍기를 두고
사라진 길과 살아진 길이 겹쳐지는 동구 밖으로
그 여름 아무도 밀지 않은 저 녹슨 대문을 열었는가

그때 굴려 보낸 구슬 두어 개
아직 어느 기억쯤 은은히 굴러가고 있어라

눈이 봄처럼 필 때엔

—하얼빈 우

—

옛날 옛날에 산성비는 매일 한 나무를 쓰다듬었다
대열에서 낙오한 철새는 죽어 가는 나무에 제 이름을
새겼다
그때도 먼 가지부터 뚝뚝 부러져 나갔다
고향은 멀었고 철새는 날개를 잃었다고 믿었다
아무것은 아무것이고 누구는 누구일 뿐이었지만
철새의 종교는 나무와 더불어 바람이 되었다

애인을 따라 한국에 왔다

애인의 처음을 닮은 나중은 끝내 오지 않았다

자취방의 자취가 단칸단칸 울었다

말과 말 사이를 지켜보던 계절이 저물자

대륙처럼 넓은 허공이 태어났다

— 칼날을 가진 말들이 살던 집

칼의 끝, 끝의 칼에 혀와 꿈과 발목과 낭만을 내줬다

끝내 사랑은 자궁에 붙지 않았다

대롱대롱 매달린 비밀들은 벌레처럼 다시 나타났다

버려야 할 것으로 생활이 벼려졌다

간신히 일부를 버리면 남겨진 나머지가 더 날카로웠다

날개를 가진 비밀이 되어 창밖을 넘나들었다

눈송이 속에서 애인 잃은 엄마가 아빠 몰래 녹았다

남겨진 말의 숨구멍을 막았다

떠도는 말의 살가죽을 벗겼다

대륙의 기상으로 저의의 목을 졸랐다

곰팡이 핀 애인은 지금도

자기 뼈마디를 분지르며 달아나고 있다

밤에 한 눈금씩 돋는 사시사철 빙벽을 안다

아직도 떠나지 못한 단 하나의 말

거기 박혀 있다

밤이 발 없이 가네
—아비정전 정

    너는 아직 그 숲에 있구나, 서로를 밀어 대는 것으로 가득 찬 세계, 각자 애인을 잃고 여름 같은 시를 쓰던 숲, 기억하니, 나는 흐엉, 흐엉 했는데, 너는 형, 형이라고 말하던 밤, 얼굴도 기억나지 않는 네 죽은 동생은 올빼미 목젖을 다녀갔을까, 지도에서 사라진 지명까지 사랑하던 너, 신비한 첫 억양을 가진 이에게 잠기면 대낮의 사랑을 하기도 하던 너, 여름 숲에선 방점을 총총히 늘어뜨린 밤이 악수를 청하고, 마침내 죽음이 자기 이름을 신음한다고 울던 너, 그때 나는 봤어, 가지들 흔들리며 가지들을 할퀴는 풍경 말이야, 뿌리와 뿌리는 어디에서도 손을 잡을 수 있다지만, 끝장이란 말에서 떨어진 이름을 주워 봤니, 새벽안개를 사육하는 노랫말을 따라가 봤니, 넌 슬프게 솟은 광대뼈를 사랑했고, 한 번도 쥐어 보지 못한 문장의 행방을 궁금해했지, 네 등 뒤를 묻힌 얼굴들을 오늘 너에게서 꺼내 주고 싶구나, 여기에 모든 처음의 이름을 심어 다오, 꽃은 꽃에서 흔들리고, 금요일은 금요일에서 단단한 날을 다오, 중심에 가닿는 뿌리가 다음 계절을 찾는 꿈을 다오

    아직 그 숲에 있는 너에게서 다만 밤이 발 없이 가네
    얼굴을 가진 이름이 얼굴을 두고 가네

구원의 시학

김영범(문학평론가)

원심력의 문명

플루타르코스(Plutarchos)에 따르면, 델포이 신전에서는 아폴론과 디오니소스를 번갈아 가며 모셨다고 한다. 매년, 정연한 절제미를 담은 파이안(paeon)과 그와 같은 질서로부터 탈주하려는 격정으로 넘치는 디티람보스(dithyrambos)가 여름과 겨울의 신전에 차례로 울려 퍼졌던 것이다.[1] 태양신 아폴론이 언제나 청년으로 묘사되는 반면, 주신 디오니소스의 모습이 청년과 중년을 오가는 것은 한즉 우연이 아니다. 젊은 첩과 늙은 본처의 대결이 전자의 승리로 마무리되는 탈춤이나 오광대가 그렇듯이 아폴론과 디오니소스의 교체는 자연의 순환을 본떴다. 이 점에서 동지 무렵의

---

1 프리드리히 니체, 『비극의 탄생』, 김남우 역, 열린책들, 2014, pp.39-40의 역주 참고.

밤에 열렸던 디오니소스 축제는 전통 연희의 끝에 행해졌던 지노귀굿이나 상여놀이와 본질적으로 다르지 않다. 따라서 그리스의 두 신은 서로의 이면이기도 하다. 그들의 교대는 여름과 겨울, 삶과 죽음이 끝없이 회전하는 아름다운 원환의 우주를 상징했다.

아폴론과 디오니소스 그리고 젊은 첩과 늙은 본처, 두 켤레는 마르쿠제가 거론했던 에로스와 타나토스에 부합한다. 기본억압 아래 적절히 승화된 에로스는 타나토스를 극복하고 우위를 되찾기를 반복한다. 이로써 이 둘은 "죽음으로의 하강을 방해하고 지연"시키는 협업을 이어 간다.[2] 그러나 이는 인간과 우주가 조응했던 농경시대의 이야기다. 이제 지금-여기를 지배하는 것은 "삶의 모든 측면을 샅샅이 유용한 노동으로 전환시키려고 하는 과잉억압"이다.[3] 과잉억압, 즉 잉여노동으로 "문명은 자기 파괴로" 향하게 되었다.[4] '문화의 건설자'인 에로스를 약화시킴으로써 타나토스를 풀어놓는 풍선 효과를 촉발시킨 탓이다. 길항이 균형을 잃자, 타나토스는 화합의 원환이라는 본래의 궤도를 이탈해 버렸다. 이로써 증오와 부정과 파괴라는 원심력만 남은 문명은 결국 모든 것을 물화시키고 만다.

절대상수, 플롯

---

2 허버트 마르쿠제, 『에로스와 문명』, 김인환 역, 나남출판, 1989, p.38.
3 김인환, 「놀이의 본질」, 허버트 마르쿠제, 『에로스와 문명』, p.245.
4 허버트 마르쿠제, 『에로스와 문명』, p.81.

안숭범의 이번 시집은 문명에 내쳐져 물화된 이들을 조명한다. 더 이상 자연에 스스로를 되비칠 수 없게 되면서 우주가 아닌 인간(人間)에 처해진 한낱 존재들 말이다. 이를 테면 "여기 당신은 없다"라는 「시인의 말」은 '여기'가 2인칭을 위한 세계가 아니라는 단언이다. 이곳에는 1인칭과 3인칭만이 존재한다. 역설이기도 하다. '당신'은 단지 1인칭이거나 3인칭일 뿐이다. 고로 반어이다. 필경은 3인칭에 불과한 1인칭인 당신이 '있다'. 요컨대 '여기'는 '나'와 '그들'로만 채워진 세계다. 2인칭이라는 징검다리가 부재하는 이곳에서 '나'는 '그들'에게 다가갈 수 없다. 반대도 매한가지다. 이렇게 사람 사이(人間)가 절단되었다는 것이 안숭범의 시집에 담긴 기본적인 인식이다.

그러나 노르베리 호지와 같이 이른바 '오래된 미래'를 상기시키는 일은 문학의 관심과는 거리가 있다. 그러한 회귀는 불가능해서 참고 사항에 그치는 데다, 문명에 처방전을 제시하는 것이 문학의 본업은 아니기 때문이다. 차라리 붕괴의 조짐을 민감하게 감지하고 세계의 병증을 누구보다 생생하게 앓는 것이 문학의 소임일 터이다. 안숭범의 경우는 이번 시집에서 문명이 개시한 비극의 다양한 스펙트럼을 펼쳐 보인다. 그가 연출하는 지금-여기의 극은 아리스토텔레스의 정의와는 다른 방식으로 상연된다. 희랍인의 비극에서는 유덕하지도 악하지도 않은 자들 중에서도 '훌륭한 인물'이 '중대한 과실'로 인해 불행을 맞는 '플롯'이 가장 중요했다. 인간 자체가 아니라 그의 "행동과 행복과 불

행을 모방"했기에 '성격'은 그다음이었다. 이러한 우선순위는 오늘날 바뀌었다.[5]

하지만 이러한 역전, 즉 인간의 내면에 초점을 맞추는 데 기여한 것은 클로즈업이나 몽타주가 증명하듯 기본적으로는 기계와 기술의 발달이었다. 삶의 변인이 다기화한 것은 오히려 부차적이다. 게다가 안승범이 염두에 두고 있는 영화와 같은 매스미디어들은 평범한 개인의 삶에 주목하지 않는다. 이것들은 가상, 곧 "만들어진 세계"를 제공함으로써 대중에게서 "현실 세계를 빼앗아" 버린다.[6] 마치 장르문학에서처럼 거기에 '우리는 없다.' 그럼에도 안승범이 시집 각 부의 제목에 장르물의 명칭을 가져온 까닭은 익숙한 서사와 소시민의 삶을 대비시키는 '낯설게하기'의 일환이다. '훌륭한 인물'이 아닌 우리는 '중대한 과실'을 저지르지 않아도 세계가 놓은 저 장르물들과 같은 서사의 덫에서 자유롭지 않다. 따라서 '성격'은 변수가 되지 못한다. 시대가 만든 '플롯'이 절대적인 상수로 작동한다.

요컨대 안승범의 시는 무대나 스크린의 바깥, 날것의 현실에서 벌어지는 세계의 비극을 고발한다. 그런데 비극은 일회적이지 않고 다중적이다. 우선은 외조모와 조모를 노래한 「흑석동 외할머니—사글세 조」, 「우울과 퀼트와 고양이 호수—불면 오」가 서로 다른 부에 배치되었다는 점에서

---

5 아리스토텔레스, 『시학』, 천병희 역, 문예출판사, 2002, pp.78-80, p.52; 천병희, 「옮긴이 서문」, 아리스토텔레스, 『시학』, pp.15-16.
6 마셜 맥루한, 『미디어의 이해』, 김성기·이한우 역, 민음사, 2002, p.395.

주체에게 그러하다. 다음으로 조부모와 조모를 대상으로
한 「여독—노름 노」, 「잘 모르는 새벽—까막별 이」 역시 그
렇다는 점에서 할머니에게도 매일반이다. 한편 그녀를 다
룬 두 시의 부제 "불면 오"와 "까막별 이"는 새로운 사실들
을 알려 준다. 이 시집의 부제들에서 성(姓)은 별 의미가 없
다. 또한 명(名)의 자리에 있는 것도 시나리오에서 곁들이
는 부(副)캐릭터에 대한 간단한 설명에 가깝다. 성명의 도
치는 인물의 특징을 강조하기 위한 의도의 소산인 것이다.
이런 맥락에서 부제의 이름들은 부정칭이라 할 수 있다. 이
것들은 성격보다 직업이나 행위 등과 밀접하다. 그런즉 비
극은 불특정 다수에게 개방되어 있다, 동시다발적이다.

비장한 빌런들

코미디는 일반적으로 사회의 병폐나 인간의 생활을 풍자
가 향하는 곳으로 지명한다. 이때 비정상과 몰상식은 이것
들을 바로잡아야 한다는 당위론과 그럴 수 있다는 신념에
의해 규정되기 마련이다. 선명한 흑백논리는 이와 같은 판
단의 편리한 근거가 된다. 그러나 사회적으로 온당하고 인
간적으로 보편적인 가치를 제외하면 가릴 수 있는 시시비
비는 실상 많지 않다. 허다한 경우 문제는 지극히 개인적인
차원의 '일탈'이나 '잘못'에 기인한다. 해학은 그러한 인간적
결함을 끌어안음으로써 시빗거리를 일소(一笑)에 부치고 공
동체를 유지하는 화해의 기술이다. 자조 역시 극단으로 치
닫지 않는 한에서는 자기 고양을 위한 통과의례일 수 있다.

물론 자성(自省)이 힘을 발휘하기 위해서는 가능성의 지평이 삶에 넓게 허락되어 있어야 한다.

> 보드 마카에 미끌거리던 교양은 끝났다
> (중략)
>
> 별수 없이 수많은 별세계와 적이 되는 새벽에, 적어도 적을 수 있어서 시인이란 마음에, 내 곁을 저공비행하다 추락한 애인들에, 이것은 각자의 비명이 제집 찾는 소리, 지갑이 지껄이는 소리나 마신다는 것, 여기서 돌아보면 소금 기둥이 될지 모르는 개조식 생애, 꿈에선 나를 채점하는 손목을 백한 번 잘랐지만
>
> (중략)
>
> 신년부흥회 현수막이 어지러운 퇴근을 펄럭일 때
> 여기는 아니고 저기라는 오답에 관해
> ──「머나먼 출근─외래강사 이」 부분

주체는 시인이자 강사이다. 다른 몇 편의 시에서처럼 자연스럽게 시인 자신과 오버랩된다. 펀(pun)을 즐기는 안승범은 꼭두새벽 출근길의 심정을 압축했다. 주체는 "수많은 별세계"의 바깥에 있다. 하니 시인이라는 자긍심만으로는 실패한 연애들과 얇은 지갑이 시사하듯 '별수' 없는 상황

이다. 하지만 어디서부터 잘못되었는지 돌아보기에는 이미 너무나 멀리 왔다. "개조식 생애", 즉 필요한 사항들을 챙기며 살아왔지만, 정규직이 되기 위한 시도들은 "나를 채점하는 손목"들에 의해 무산되었다. 분노는 꿈에서까지 표출되지만 주체의 기도(企圖)가 계속될 것임은 연말이 다가왔음을 알려 주는 시의 수미(首尾)가 암시한다. "여기는 아니고 저기라는 오답"은 주체가 희망을 놓치지 않고 있다는 것을 역설(力說)한다. 그는 "머나먼 출근" 중에 있다.

기억해야 할 것은 이 시가 〈제2부 하이브리드 코미디〉의 앞쪽에 놓였다는 사실이다. 주체의 안간힘이 펼쳐 놓은 이 장면은 슬랩스틱인가 아니면 블랙코미디인가. 그 자신에게는 어느 순간 앞엣것으로 느껴질 테지만, 그'들'을 바라보고 있는 이에게는 뒤엣것으로 비춰질 것이다. 염원을 담은 노력이 무상(無常)하게 끝나는 것은 개인의 비극이다. 그러나 그런 일들이 빈번하다면, 그것은 사회가 구성원을 거의 무상(無償)으로 사용하는 사태와 같이, 소외와 물화가 정상과 상식의 권좌를 찬탈했다는 말이 된다. 사회의 메커니즘은 개인과 개인 사이로 전염되기 마련이다. 이 부에 실린 여러 시에서 그런 관계들을 확인하기란 어렵지 않다. 하지만 안숭범의 시가 포착한 군상은 단순히 부정이나 조롱의 대상이 아니다. "여기서 돌아보면 소금 기둥이 될지 모르는" 삶의 가장 큰 피해자는 기실 자신이기 때문이다.

변비와 카메라 삼각대와 농담이 사라진 삼십 대의 어느

즈음

　　적을 게 없는 인생이 공란을 시위하기까지

　　그때부터 시계는 지루한 무성영화처럼 가다 서다 했다
　　어항 속 금붕어는 가능한 길을 꺼뜨리며 살았다
　　구름 아래로 착지할 곳 없는 새들이 붐볐다
　　애인은 잡상인을 물리치는 자세였다

　　(중략)

　　주문이 쏟아지는 가게에서
　　너도나도 빈 잔처럼 고요히, 살 것도
　　팔 것도 없이 서 있었다
　　　　　　　　　　　　　　　—「웃지 마 신림동—깐느 박」 부분

　　부제를 실마리로 추론하면 사라진 것들의 목록은 자못 허황됐던 삶의 청사진과 그런 꿈을 가졌던 이십 대와 그것을 이루기 위해 감수했던 불규칙한 식사 등이다. 역순이다. '농담' 같던 꿈을 가장 먼저 가졌기에 맨 나중에 잃었다. 그러자 "적을 게 없는 인생"만 남아 버렸다. 시계는 그래서 따분하고 염증이 난 일상을, 금붕어는 그나마 "가능한 길"에 대한 (무)의식적 거부를 나타낸다. 새들처럼 아직도 안착하지 못하고 있으므로, 애인은 "깐느 박"을 거부한다, 당연한 듯이 쫓아낸다. 그러니 그는 "주문이 쏟아지는" 세계인

데도 "살 것도/팔 것도 없이 서 있"을 따름이다. 한데 그는 혼자가 아니다. 주체와 함께 붐빈다. 안승범의 시에서 예술가가 되고자 했던 이들의 현재는 이렇게나 초라하다. 그리고 이러한 결말은 그들이 자초한 것이다. 스스로 제 삶의 '빌런'이 된 셈이다.

그렇기만 할까. 시집 들머리의 「피 흘리듯 안녕한 이사— 시인 김」은 다른 이야기를 들려준다. 소장해 왔던 시집을 물려받기 위해 찾아간 주체에게 "시인 김"은 "시를 쓰지 않겠다"라고 선언한다. 내막이 분명하지는 않지만 손주의 죽음 앞에서 느낀 무력감 때문으로 보인다. 허나 그는 젊은 시인인 주체에게 가끔씩 찾아 줄 것을 요청하며 몇 마디 말을 남긴다. "아프지 않아서 아픈 사람들이 너무 많다"라는 진단과 "피로 만든 시"에 대한 언급 등이다. 두 사람이 앞으로 시가 무엇을 해야 하는지 또 그러기 위해 시를 어떻게 써야 하는지 등에 대한 얘기를 나누게 되리라 예상할 수 있다. 그리고 그가 "살아서 문장 안에 눕지 못한 찰나"들을 주체에게 들려주리란 짐작도 가능하다. 스스로 실패한 시인이라 인정하지만, 자신을 발판 삼아 후배가 성공하기를 기원하고 있는 것이다. 냉혹한 현실이 빚어낸 비장한 결말이다. 지금의 예술가는 '하드보일드 느와르'의 주인공과 같다는 안승범의 생각이 엿보인다.

혹은 절뚝이는 새들

'하드보일드 느와르'가 원래 암흑가를 배경으로 한다면,

'서바이벌 호러'는 특정한 공간을 공포의 도가니로 돌변시키는 장르물이다. 안숭범은 전자의 '암흑가'를 주로 '빈민가'로 번안하는 데 반해, 후자에서는 특정할 수 없는 일상의 공간으로 치환한다. 두려움 속에서의 생존은 따라서 전방위적인 현안이 된다. 일테면 뉴타운으로 밀려드는 이들과 재개발로 밀려나는 이들을 동물에 비유한 「뉴타운 버펄로와 재개발 순록—우두커니 정」은 자본의 생태계에 압도당해 방출되어서는 방향감각을 잃은 상태를 "우두커니 정"이란 부제로 표현하는 한편, "모르는 이웃들과 서로 잘 모른 채 화목한데"라는 진술로 입주자들의 불안을 곁들인다. 공포는 공포를 재생산한다. 축적된 자본만이 그것을 해소할 수 있을까. 자명한 것은 그러지 못할 때 퇴출을 단행해 왔던 자본의 역사이다.

스무 살의 계좌에는 꽃 피던 마당이 있었다

(중략)

전봇대에 버짐으로 피던 현수막을 철거하고 다녔다
욕망을 부양하는 가족들을 발명하고 나니
관악에서 동작은 피와 협잡과 시멘트로 높아진 세계
은평에서 성북은 어제 깎은 산에게 살을 깎이던 우주

(중략)

내쳐진 고양이마다 분양 분양 울었고
날카로운 가장자리를 숨긴 서류들이 두런거렸다
용산에서 강남으로 낯선 햇볕들을 외롭게 했다
일찌감치 개량 한복을 밀고 나온 내 배를 타고
막내딸과 아내는 질서 있게 태평양을 건넜다
—「괴물 열전—가거도 리」 부분

　한 사람의 드라마틱한 인생사가 오롯하다. "꽃 피던 마당"을 꿈꾸던 청년이 부동산으로 재산을 모은 과정이 크로키처럼 간략히 서술되었다. 견인차는 "욕망을 부양하는 가족들"이었다. "피와 협잡과 시멘트"의 작용으로 굴러가는 세계의 실상을 파악하고 그는 노동의 무가치를 절감했다. "날카로운 가장자리를 숨긴 서류들"의 위력을 알아 버렸다. 예리한 종이들이 누구를 베어 버릴지는 관심사가 아니었다. '괴물'이라는 호명의 이유이다. 그러나 그는 편승한 자이다. 관악, 동작, 은평, 성북 등에서 벌어진 일들이 용산, 강남 등에서 재현될 때 그것을 충실히 따랐을 뿐이다. 이것이 괴물이 재생산되는 방식이다. 말하자면 그를 저렇게 만든 것은 시스템이다. 그렇다고 그의 결백이 보증되지는 않는다. 그가 처음에 그랬던 것처럼 "옳지 않은 땅과 오를 것 없는 땅 사이" "타인의 습지"에 머무는 이들이 도처에 편재(遍在)하는 탓이다(「부동하는 새의 유동하는 생활—비공인중개사 고」).
　"가거도 리"의 변모는 지금-여기에서 세대 갈등이란 딜

레마로 전환되고 있다. 가령 「아버지가 주머니에 들어가신다─외등 백」의 주체는 "아버지는 틀림없이 아버지가 되기 위해 태어났다"라는 확신과 자신은 "아버지가 될 수 없다"라는 확언을 내놓는다. 과거에의 믿음과 미래에의 예언 사이, 부친에 대한 애틋함에도 불구하고 두 세대에 가로놓인 균열에는 다음 세대의 멜랑콜리가 자욱하다. 안숭범의 시에 절뚝임이나 새의 이미저리가 많은 이유는 영화 「아비정전(Days of being wild)」에서 보았던 '자유분방한 한 시절'에 주체가 머물러 있어서가 아니다. 예컨대는 노년에 들어 공사판을 떠도는 "시지푸스 안"의 위태한 발걸음과 그의 입가를 맴도는 노랫말의 간극을 감안해야 한다. 그는 "다른 유행가로 이사 갈 것이다"(「유행가에 사는 새─시지푸스 안」). 노래는 바뀌지만 세계의 족쇄에는 도리가 없다. 그것을 풀 열쇠는 주어져 있지 않다. 신세대의 비극은 진작 사로잡혀 버렸다는 비애에서 출발한다.

안숭범은 가족과 친구와 애인을 향한 애정이 담긴 자전적 시들 거개를 〈제4부 레트로 멜로〉에 묶어 냈다. 냉혹한 현실에 대한 비판의 이면에는 이처럼 사랑이 자리해 있었다. 그러므로 이것은 배타적이지 않다. 또한 이것은 지극히 오래되어서 '회고'적이며, 그만큼 뻔해서 '통속'적이다. 새도 본연의 이미지를 회복한다. "신과 우리/그대와 나 사이"를 아름다운 지저귐으로 이어 주며 "가장 깊숙한 말들"을 발굴해 낸다(「신은 우리를─울진 김」). 이쯤에서 안숭범 시의 새가 '부정적 총체성'의 체현자이자, 시인 자신의 대리자임이

드러난다. 예의 '오래된 미래'처럼 문명 자체를 되돌릴 수는 없다. 하지만 이웃의 삶을 때로는 자신의 것처럼 안타까워하며 때로는 그들의 결함을 해학적으로 다루는 등 비극을 마주 보고 그것의 강도를 줄이는 일은 충분히 가능할 것이다. 이것은 〈제4부 레트로 멜로〉가 뿌리내린 개개인의 '가까운 과거'로부터 길어 낼 수 있는 덕목일 터이다. 니체는 끔찍함과 부조리를 "삶을 살게 할 표상들"로 돌려놓는 것이 예술의 기능이라고 했다.[7] 그러므로 안숭범의 시는 니체적 의미에서의 구원을 모색하고 있다고 하겠다.

> 너는 아직 그 숲에 있구나, 서로를 밀어 대는 것으로 가득 찬 세계, 각자 애인을 잃고 여름 같은 시를 쓰던 숲, 기억하니, 나는 흐엉, 흐엉 했는데, 너는 형, 형이라고 말하던 밤, (중략) 넌 슬프게 솟은 광대뼈를 사랑했고, 한 번도 쥐어 보지 못한 문장의 행방을 궁금해했지, 네 등 뒤를 묻힌 얼굴들을 오늘 너에게서 꺼내 주고 싶구나, 여기에 모든 처음의 이름을 심어 다오, 꽃은 꽃에서 흔들리고, 금요일은 금요일에서 단단한 날을 다오, 중심에 가닿는 뿌리가 다음 계절을 찾는 꿈을 다오
>
> ―「밤이 발 없이 가네―아비정전 정」 부분

시집의 대미이다. 인용의 전반부는 '너'와 주체가 함께했

---

7 프리드리히 니체, 『비극의 탄생』, pp.109-110.

던 밤의 회상이다. 세계와 사랑과 시를 좌충우돌 아프게 배워 나가던 시절이겠다. 그때 '나'의 울음과 '너'의 위로는 구분되지 않았다. 수렴되는 소리 그리고 격정으로 두 사람은 하나나 마찬가지였다. 후반부는 현재이다. 이 부분의 과거형은 '네'가 이곳에 없다는 사실을 지시한다. 그러므로 주체의 요구는 실제로는 자신을 불러 세운다. 그는 '네'가 영원히 지니게 된 청춘의 옆에 다시 서기를 바란다. 그리고 "모든 처음의 이름을 심어 다오"라는 명령은 "중심에 가닿는 뿌리"를 가진 '시'라는 나무로 세계의 구심력을 회복하고자 하는 열망으로 이어진다. 이 모든 바람들은 "아비정전 정"이란 별칭에 걸맞게 끝내 '발 없는 새'가 되어 버린 '네'가 "한 번도 쥐어 보지 못한 문장"을 대신 찾아내는 일에서 시작될 것이다. 안숭범 시의 주체는 발을 끌며 걸음을 재촉한다. "우리가 날아서 도달할 수 없는 것은 절뚝거리면서 도달해야 한다"라는 말을 즐겨 인용했던 프로이트를 떠올리며 시집을 덮는다.[8]

---

8 지그문트 프로이트, 『정신분석학의 근본 개념』, 박찬부 역, 열린책들, 2003 (재판), p.343. 이 말의 원전은 알-하라리(al-Hariri)의 『마카마트(Maqâmât)』이다.